Birgit Pauls

Droomfru un Halligmörder

Birgit Pauls

Droomfru un Halligmörder

Bibliografische Information der Deutschen Nationalbibliothek: Die Deutsche National-bibliothek verzeichnet diese Publikation in der Deutschen Nationalbibliografie; detaillierte bibliografische Daten sind im Internet über www.dnb.de abrufbar.

ISBN 978-3-7347-9726-2

© Birgit Pauls 2015

Herstellung und Verlag:
BoD – Books on Demand, Norderstedt

Covergestaltung:
Birgit Pauls mit BOD Easy Cover

Foto: Birgit Pauls

För Kuddel, de mi op een Wannerung na Nordstrandischmoor op de Idee to de Halligmörder bröcht hett.

Für Kuddel, der mich auf einer Wanderung nach Nordstrandischmoor auf die Idee zum Halligmörder gebracht hat.

Droomfru

De Kirl stunn inne Bargen anne Afgrund un keek rünner. Ünner em een wenst zweehunnert Meter hoge Klintwand.

He harr alns verkehrt makt bi dat Opbuun vun sien niege Leven. Keen Haven, an dit Gebot harr he sik holn. Man dat anner Gebot – keen Kanon – harr he nich inholn.

Een Johr lang harr he sick knapp ut sien Bood ruttruut. Hüüt harr he nu endli een Utflug inne Neegte wagt. Dorbi weer he de Festung wieswurrn – veele Kanonen. Un as he op de Festungsmuur luerte, weer he de Fru wieswurn. Se har em ok sehn: enn slechte Teeken. Nu würr alns wedder vun vörn anfangen un dat würr wedder een Dode geven. He wuss noch wodenni dat Malöör anfung:

Fred seet in sien leevste Kroog un weer mismödig. Siet sien Fründin em verlaten harr, gung alns den Bach rünner. As he noch fast bunnen weer, hummelten de smucksten Fruunslüüd mit em rüm. Nu weer he blots noch Luft för de Wiever.

Traumfrau

Der Mann stand am Abhang und schaute in die Schlucht hinunter, unter ihm eine mindestens zweihundert Meter hohe senkrechte Felswand.

Er hatte alles falsch gemacht bei dem Aufbau seiner neuen Identität. Kein Hafen, diese Regel hatte er eingehalten. Aber die andere Regel – keine Kanonen – hatte er gebrochen.

Ein Jahr lang hatte er sich kaum aus seiner Wohnung herausgewagt. Heute hatte er nun endlich einen Ausflug in die Umgebung gewagt. Dabei hatte er die Festung entdeckt – viele Kanonen. Und bei einem Blick auf die Festungsmauer hatte er die Frau entdeckt. Sie hatte ihn auch gesehen: Ein schlechtes Omen. Nun würde alles wieder von vorn beginnen und es würde wieder einen Toten geben. Er erinnerte sich daran, wie das Unglück begann:

Fred saß in seiner Stammkneipe und war schlecht gelaunt. Seit seine Freundin ihn verlassen hatte, lief alles schief: Als er noch in einer festen Beziehung war, flirteten die schönsten Frauen mit ihm. Nun schien er nur Luft für das andere Geschlecht zu sein.

He bruukte mal wedder een Fru in't Bett. He weer anne Vöravend dör de Danzlokale inne Naverdörper tourt, hopte dorbi, een Deern för'n One-Night-Stand – so nomte man dat hüüt wull – to finnen. Twee Dörpschönheiten leeten sik de heele Avend lang vun eem frieholn, man denn wur he versett. Se harrn een Deernsavend makt un sik achterran von se's Mackers afholn laten. Fred weer denn inne Dämmerung vunne Morn bös untofreeden na Hus fohrt und harr de Buddel Rum leer makt, de he tohuus funnen harr.

Hüüt avend würr he sien Moneten sachs wedder inne hiesige Puff laaten, denn de Jiper weer wedder dor, nadem dat Knastpiepen verswunnen weer.

De Deerns dor bedeenten em fründlich, man he wurr dat Geföhl ni los, dat se em heemlich utlachten. Wegen dat muss he sik nu eerstmal Mood andrinken. De anner Kirls anne Tonbank wussen dat un grienten em an. Fred stierte op sien Beer, dormit he nich wedder op se's dösige Snacken hörn muss. Bannig asig weer, dat Claas Jensen ok dor weer.

Er brauchte dringend wieder einmal eine Frau im Bett. Am Abend vorher war er durch die Discoszene der Nachbardörfer getourt, in der Hoffnung ein Mädchen für einen One-Night-Stand – so nannte man das heute wohl – zu finden. Zwei Dorfschönheiten ließen sich den ganzen Abend lang von ihm freihalten, doch dann war er abgeblitzt. Sie hatten einen Mädchenabend veranstaltet und sich anschließend von ihren Freunden abholen lassen. Fred war dann im Morgengrauen völlig unbefriedigt nach Hause gefahren und hatte die Flasche Rum geleert, die er in seiner Wohnung fand.

Er würde wohl heute Abend wieder Geld im örtlichen Puff lassen, denn der Druck war wieder da, nachdem die Kopfschmerzen verschwunden waren.

Die Mädchen dort bedienten ihn freundlich, aber er wurde das Gefühl nicht los, dass sie ihn heimlich auslachten. Deshalb musste er sich nun erst einmal Mut antrinken. Die anderen Männer am Tresen wussten es und grinsten ihn an. Fred starrte auf sein Bier, damit er sich nicht wieder die blöden Sprüche anhören musste. Besonders unangenehm war die Anwesenheit von Claas Jensen.

Nadem he de arvte Hoff ganz un gar rünnerwirtschaftet harr un de kort vör de Dwangsaukschoon stunn, weer Claas op Mal to Geld komen. He exporteerte sien Beester düchtig als Tochveeh na Nordafrika. Af un an reiste Claas ok mit sien Veeh na Nordafrika. He begrünnede dat dormit, dat he de niege Egendömers de Eegenheiten vun Holsteiner Köh verklooren müss. Siet dem keek de ole Klassenkamerad vun boben op Fred dal, obschonst de em eerst de Scholafsluss möglich makt harr, wiel he em jümmers avschrieven leet. Fred fraagte sick mennigmal, wat de Lybier an de Viechers funnen, de de hiesigen Veehhöker knapp as Slachtveeh kopen wulln.

Mitmal hörte dat Snacken op'n Slag op. Nieschirig keek he hoch. Dat kunn ni wahr ween: entweder weer he böös besopen oder he harr sick middelwiel dootsopen un seet in Heven op Wolk söven. De Erscheenung weer ni vun düsse Welt. Vör aln weern son Fruunslüüd normalerwies ni an Steeden as sien Kroog to finnen, ganz un gar ni in dit lütte nordfriesische Kaff an't Enn vunne Welt.

Nachdem er den geerbten Hof vollständig heruntergewirtschaftet hatte und dieser kurz vor der Zwangsversteigerung stand, war Claas plötzlich zu Geld gekommen. Er exportierte seine Rinder erfolgreich als Zuchtvieh nach Nordafrika. Manchmal reise Claas auch mit seinem Vieh nach Afrika. Er begründete es damit, den neuen Besitzern die Eigenheiten von Holsteiner Rindern zu erklären. Seitdem blickte der alte Klassenkamerad Claas von oben auf Fred herab, obwohl dieser ihm überhaupt erst den Schulabschluss ermöglicht hatte, indem er ihn immer abschreiben ließ. Fred fragte sich oft, was die Libyer an diesen Viechern fanden, die die örtlichen Viehhändler kaum als Schlachtvieh aufkaufen wollten.

Plötzlich verstummten die Gespräche schlagartig. Neugierig schaute er auf. Das konnte nicht sein: entweder war er total betrunken oder er hatte sich mittlerweile tot gesoffen und saß im Himmel auf Wolke sieben. Die Erscheinung war nicht von dieser Welt. Vor allem waren solche Frauen typischerweise nicht an Orten wie seiner Stammkneipe zu finden, schon gar nicht hier in diesem kleinen nordfriesischen Kaff am Ende der Welt.

Fred kunn de Ogen ni vun ehr laten. Enge swatte Jeansbüx, een swattet Top, dat dat Kieken op een good formte Vörbuu lenkte, Ledderjack, un – dat faszineerte eem an dullsten – bruune Hoor bet na de pralle Achtersen. Jichtens keem em disse Fru sünnerlich vertruut vör. Se smusterte na em.

Dat Glück weer blots kort. As Fred noch överlechte, sien Gesich noch 'n beten schlauere Utdruck to geven, gung Class na de Fru henn un ladte ehr to'n Beer in. Se keek sik kort üm un schüttkoppte. Denn gung se jüstemang op Fred to. He kunn dat ni glööven. Dat müss een Droom ween.

»Moin, Fred!«

He keek ehr an as'n Gespenst. Meente se em? Dat kunn doch ni wohr ween. Se smusterte na em.

»Verwessel ik di? Büst Du ni Fred? Ik meen de lüttje Broder vun Sylvia...«

Nu kennte he ehr. De Droomfru ut sien junge Johrn, de he nümmers vergeten harr. Sonja weer de beste Fründin vun sien öllere Süster ween, de he vun Wieden anhimmelt harr.

Fred konnte die Augen nicht von ihr lassen. Enge schwarze Jeans, ein schwarzes Top, das den Blick auf ihre wohlgeformte Oberweite lenkte, Lederjacke und – das faszinierte ihn am meisten – braune Haare bis zum knackigen Hintern. Irgendwie kam ihm diese Frau seltsam vertraut vor. Sie lächelte ihn am.

Das Glück währte nur kurz. Während Fred noch versuchte, seinem Gesicht einen etwas intelligenteren Ausdruck zu geben, ging Claas auf die Frau zu und lud sie zu einem Bier ein. Sie schaute sich kurz um und schüttelte den Kopf. Dann ging sie direkt auf Fred zu. Er konnte es nicht glauben. Das musste ein Traum sein.

»Hallo Fred!«

Er schaute sie an, wie einen Geist. Meinte sie ihn? Das konnte doch nicht wahr sein! Sie lächelte ihn an.

»Verwechsle ich Dich? Bist Du nicht Fred? Ich meine den kleinen Bruder von Sylvia…«

Jetzt erkannte er sie. Die Traumfrau seiner Jugend, die er nie vergessen hatte. Sonja war die beste Freundin seiner älteren Schwester gewesen, die er aus der Ferne angehimmelt hatte.

Se weer jümmers fründlich ween, man vun wegen de veer Johr Öllersünnerscheed weer ehr dormals ni bitokamen wesen. Överto weer he veel to bang ween, ehr vun sien Geföhle to vertelln.

Na de School weer se mitmal verswunnen. Dat hedte dormals, se weer na Israel gahn, in een Kibutz. Dat weer inne Meern vunne achtiger Johr ween. Böse Tungen vertellten sogor, dat se för de Mossad arbeiten de. Man so weer dat Schludern op't Land nu mal, wenn Minschen anners weern.

»Dumm Tüüch«, dach Fred as he sik dorop besunn. Sonja weer inne School jümmers een verdrechliche Minsch wesen, de keen Fleeg wat dohn kunn.

He rekente na. Sonja müss weens fiefunveerdig Jahr oold ween. Se seech so unverschamt smuck ut, dat he ehr op höchstens inne Meern vun de Dördig schätzt harr. Sien Liev reageerte dull op ehr. He hopte, dat se de Buul in sien Büx ni wieswurr.

Vun wiedem hörte he ehr Stimm.

Sie war immer freundlich gewesen, aber durch die vier Jahre Altersunterschied damals unerreichbar. Außerdem war er viel zu schüchtern gewesen, ihr seine Gefühle zu gestehen.

Nach der Schule war sie plötzlich verschwunden. Es hieß damals, sie sei nach Israel in einen Kibbuz gegangen. Das war Mitte der achtziger Jahre gewesen. Böse Zungen behaupteten sogar, dass sie für den Mossad gearbeitet habe. Aber so war der Tratsch auf dem Land nun einmal, wenn Menschen aus den gewohnten Mustern ausscherten.

»Kompletter Blödsinn«, dachte Fred, als er sich daran erinnerte. Sonja war in der Schule immer ein friedfertiges Wesen gewesen, das keiner Fliege etwas zuleide tun konnte.

Er rechnete nach. Sonja musste mindestens fünfundvierzig sein. Sie sah so unverschämt gut aus, dass er sie auf höchstens Mitte dreißig geschätzt hätte. Sein Körper reagierte heftig auf sie. Hoffentlich bemerkte sie die Beule in seiner Hose nicht.

Aus weiter Ferne nahm er ihre Stimme wahr.

»Knallköm oder Whisky? Wodenni wöllt wi unse Weddersehn fiern?«

Fred keek ehr fraagend an un versoop tiedglieks in ehr grööne Ogen. De Sinn vun ehr Wöör weer bi em ni ankomen.

»Ick much Di to de Fier vun unse Weddersehn inladen. Magst Du Knallköm oder Whisky?«

Dat kunn blots 'n Droom ween.

»Whisky«, stammelte he.

Se prosteten sik to un dorna leep de Tied veel to gau. Lang snackten se över de gooden oolen Tieden. Fred weer glücklich. Elendigerwies vertellte Sonja wenig över sick sülmst, obschonst se veel beleevt harr. Studeert harr se in't Utland. Nu levte un arbeidete se in Amerika. Man ni direkt – se arbeidete för'n amerikansche Firma un weer inne Verkoop rund üm 'n Globus ünnerwegens. Fred kunn sik nix dorünner vörstellen, man he weer glücklich. Tofreeden wurr Fred dat fünsche Kieken vun Claas un den annern wies.

»Sekt oder Whisky? Wie wollen wir unser Wiedersehen feiern?«

Fred sah sie fragend an und versank gleichzeitig in ihren grünen Augen. Der Inhalt ihrer Worte war nicht bei ihm angekommen.

»Ich möchte Dich zur Feier unseres Wiedersehens einladen. Möchtest Du Sekt oder Whisky?«

Das konnte nur ein Traum sein.

»Whisky!« – stammelte er.

Sie prosteten sich zu und danach verging die Zeit wie im Fluge. Lange unterhielten sie sich über die guten alten Zeiten. Fred war glücklich. Leider erzählte Sonja wenig von sich, obwohl sie viel erlebt hatte. Studium im Ausland. Nun lebte und arbeitete sie in den USA. Oder nicht direkt – sie arbeitete für ein amerikanisches Unternehmen und war weltweit im Vertrieb tätig. Fred konnte sich nichts darunter vorstellen, aber er war glücklich. Zufrieden bemerkte Fred die wütenden Blicke von Claas und anderen Anwesenden.

Dat weer al hell, as se tosomen ut de Kroog weggungen. Fred bröchte Sonja noch na ehr Ferienwahnung. Ehr Öllern harrn de Stadt vör veele Johr verlaten un weern na Berlin trocken. So müss se nu to Miete wahnen. Elendigerwies wull se em ni inne Wahnung laten, sünnern verafscheedte sik anne Dör. För de neegste Dag harrn se sik avers to spazeern anne Strand mit anslutend Kaffeedrinken veravredet.

Fred wurr fröh morns waken un weer jiddelig. Wurr Sonja wohraftig komen? De Vörmiddag wull keen End nehmen. Man op Sonja weer Verlaat: Pünktlich stunn se in Freesennerz un Gummisteeveln vör sien Döör – de typischen Touristen-Plünnen. Fred griente, denn doran markte he, dat Sonja lang weg wesen weer. An düsse Dag wurr dat sachs ni regen.

Fred genot dat Spazeern. Se snackten vunne olen Tieden un Sonja wull weten, wat inne Twischentied passeert weer. Twee- oder dreemal fraagte se em ok na Claas, watt em jedetmal een bipulte. Na dat Spazeern schaffte Fred dat ni, Sonja in sien Wahnung so kriegen. Se leet sik vun em blots in een Kakaostuv inladen.

Es war schon hell, als sie gemeinsam die Kneipe verließen. Fred brachte Sonja noch zu ihrer Ferienwohnung. Ihre Eltern hatten den Ort vor vielen Jahren verlassen und waren nach Berlin gezogen. Deshalb musste sie nun zur Miete wohnen. Leider wollte sie ihn nicht in die Wohnung lassen, sondern verabschiedete sich vor der Tür. Für den nächsten Tag hatten sie sich aber schon zu einem Strandspaziergang mit anschließendem Kaffeetrinken verabredet.

Fred wachte frühmorgens auf und war nervös. Würde Sonja wirklich kommen? Der Vormittag wollte kein Ende nehmen. Doch Sonja hielt Wort: Pünktlich stand sie mit Regenmantel und Gummistiefeln bekleidet vor seiner Tür – das typische Touristen-Outfit. Fred grinste, denn daran erkannte er, dass Sonja lange weg gewesen war. An diesem Tag würde es sicherlich nicht regnen.

Fred genoss den Spaziergang. Sie redeten von alten Zeiten und Sonja wollte wissen, was zwischenzeitlich so geschehen war. Zwei oder dreimal fragte sie auch nach Claas, was ihm jedes Mal einen Stich versetzte. Nach dem Spaziergang schaffte Fred es nicht, Sonja in seine Wohnung zu locken. Sie ließ sich von ihm nur in eine Kakaostube einladen.

Fred duurte dat böös, dat se so gau wedder vunanner gahn mussen, denn se seech in ehr enge swatte Jeansbüx un de swatte eng anlingende Pullover eenfach smuck ut.

Inne Nach dröömte Fred vun Ficheln mit sien Droomfru Sonja. De nächste Dag weer leidigerwies ock noch een Mondag, de Anfang vun een lange Arbeidsweek. Mööd bröchte he de Dag jichtens achter sik. Avends weer he wedder quicklebennig un dach an Sonja. Man he harr ogenschienlich keen Glück bi de Fruunslüüd un würr jümmers för se betolen möten. Belämmert makte he sik op de Weg na sien Kroog to sik Mood för sien Besök bi de kööplichen eische Deerns antodrinken.

De Laden weer mal weder ganz un gor verrökert. Fred sedte sick glieks anne Tonbank. Na een grote Sluck Cola Korn keek he sik üm. Forts duerte em, dat he ut sien Bood rutkropen weer. An een Disch seet Sonja, blanksiets to ehr weer Claas un kaute ehr een Ohr af. Wodenni müss de Smeerlappen jümmers so'n Sott heben?

Fred bedauerte zutiefst, dass sie sich so schnell schon wieder verabschieden mussten, denn sie sah in ihrer engen schwarzen Jeans und dem schwarzen eng anliegenden Pullover einfach umwerfend aus.

In der Nacht träumte Fred von Sex mit seiner Traumfrau Sonja. Der nächste Tag war zu allem Überfluss auch noch ein Montag, Beginn einer langen Arbeitswoche. Müde brachte er seinen Arbeitstag irgendwie hinter sich. Abends war er wieder hellwach und er dachte an Sonja. Aber er hatte scheinbar kein Glück mit Frauen und würde immer für sie bezahlen müssen. Frustriert machte er sich auf den Weg in seine Stammkneipe, um sich Mut für einen Besuch bei den käuflichen Damen anzutrinken.

Der Laden war wieder einmal völlig verräuchert. Fred setzte sich direkt an den Tresen. Nach einem großen Schluck Cola Korn schaute er sich um. Sofort bedauerte er, dass er seine Wohnung verlassen hatte. An einem Tisch saß Sonja, neben ihr war Claas und kaute ihr ein Ohr ab. Warum musste dieser Schmierlappen eigentlich immer Glück haben?

Man denn passeerte dat Wunner: Sonja wurr Fred wies, smusterte na em, stunn op, schüddelte Claas hiddelig af un keem na em henn. Fred makte de Ogen dicht, kunn sien Glück knapp glööven. As he de Ogen wedder op makte, stunn Sonja direktemang vör em un geev em een Söten.

»Dank Di för dat Redden, de Macker geiht mi op'n Senkel.«

»Laat uns man na mi gahn.«

Nee, dat kunn he ni secht hemm ... Man dat müss wohr ween, denn Sonja nehm sien Hand un gung henn na de Döör.

De Nach schiente Fred dat Beste, wat he jümmers beleevt harr. Sonja makte Saken mit em, vun de he noch nich mal droömt harr. Eegentlich harr he sik bit nu henn knapp vörstellen kunnt, dat Minschen so watt mitnanner maken. Glücklich un ferdig mit Jack un Büx sleep he in Sonjas Arm in.

As jümmers wurr he fröh waken. Sonja sleep noch bisiets vun em. As he sik bewechte, to ehr beter ankieken to kön, wurr se waak un keek söökend um sik.

Doch dann geschah das Wunder: Sonja entdeckte Fred, lächelte ihn an, stand auf, schüttelte Claas ungeduldig ab und kam auf ihn zu. Fred schloss die Augen, denn er konnte einfach nicht an dieses Glück glauben. Als er die Augen wieder öffnete, stand Sonja direkt vor ihm und küsste ihn.

»Danke für die Rettung, der Typ nervt.«

»Lass uns doch zu mir gehen.«

Nein, das konnte er nicht gesagt haben ... Aber es musste wahr sein, denn Sonja nahm seine Hand und ging zur Tür.

Die Nacht schien Fred das Beste, was er je erlebt hatte. Sonja machte Dinge mit ihm, von denen er noch nicht einmal geträumt hatte. Eigentlich hatte er sich bisher kaum vorstellen können, dass Menschen so etwas miteinander machten. Glücklich und völlig erschöpft schlief er in Sonjas Armen ein.

Er wachte wie immer früh auf. Sonja schlief noch neben ihm. Als er sich bewegte, um sie besser betrachten zu können, wachte sie auf und schaute sich suchend um.

»Wo laat is dat?«

»Kort vör veer. Slaap wieder.«

Sonja jumpte hoch. »Ik mut los, deit mi leed. Ik heff een Termin in Hamborg för mien Firma. Man wenn Du wullt, sehn wi uns wedder.«

Se truck sik gau an, geev em noch een langen Söten und verswunn. Fred weer so besopen vun Glück, dat he ni nafraagte. He packte sick wedder inne Puuch, atmete ehrn Ruch in.

Tweeunhalv Stünnen later stunn he op, un beslot vör de Arbeid noch anne Eider spazeern to lopen. De Haven weer minschenleer. Man jichtenswat weer anners, weer verkehrt. Fred föhlte sik bedroht, kreech dat kohle Gräsen. De lüttje Kanon vör dat Water- un Schiffohrtsamt seech sünnerlich ut. Fred keek genauer henn un schree för Gruuen op. En Misch weer mit de Buk na ünnen op de Kanon bunnen. Ut sien Rüch keek een Kniev, dat Fred bannig bekannt vörkeem. Dat weer dat Kniev, dat he bi't Angeln nehm to de Fische uttonehmen. Em wurr swatt för Ogen.

»Wie spät ist es?«

»Gleich vier. Schlaf weiter!«

Sonja sprang auf. »Ich muss los, sorry! Hab einen geschäftlichen Termin heute in Hamburg. Aber wenn du willst, sehen wir uns wieder.«

Sie zog sich schnell an, gab ihm noch einen langen Kuss und verschwand. Fred war so berauscht von Glück, dass er nicht nachfragte. Er legte sich wieder ins Bett, atmete ihren Duft ein.

Zweieinhalb Stunden später stand er auf, und beschloss vor der Arbeit noch einen Spaziergang an der Eider zu machen. Der Hafen war noch menschenleer. Aber irgendetwas war anders, war falsch. Fred fühlte sich bedroht, bekam eine Gänsehaut. Die kleine Kanone vor dem Gebäude des Wasser- und Schifffahrtsamtes sah merkwürdig aus – unförmig. Fred schaute genauer hin und schrie vor Entsetzen auf. Ein Mensch war mit dem Bauch nach unten auf die Kanone gebunden. Aus seinem Rücken ragte ein Messer, das Fred sehr bekannt vorkam. Es war das Messer, das er beim Angeln verwendete, um die Fische auszunehmen. Ihm wurde schwarz vor Augen.

Na 'n halve Ewigkeit makte he de Ogen wedder op. En fremme Dokter keek em twiewelnd an. Töövte de op een Bescheed? Fred keek sik um. He leeg noch jümmers op de Grund, man wiet weg vun de Kanon, vör de he ümfullen weer. Dat he ni in sien Bett waaken wurrn weer, verklorte em, dat de asige Anblick keen slechte Droom sünnern bittere Wohrheit weer.

»He is nu wedder binanner«, bölkte de Dokter na een henn.

Kort dorna stunn een Kirl, de bräsig un unfründlich utseech, tosomen mit een Gendarm in Uniform vör em.

Wat wull de vun em? Un woför düsse fremme Gendarm? Wo weer de Dörpsscheriff, de Baas vunne hiesige Polizeistation, de sik sunst jümmers um alns kümmerte? In düsse Ogenblick trock de Fremme sien Deenstutwies ut de Tasch.

»Heinz Düwel, Mordkommission«, stellte he sik vör. »Könen wi uns ünnerholen?«

Nach einer halben Ewigkeit öffnete er die Augen wieder. Ein fremder Arzt schaute ihn skeptisch an. Wartete er auf eine Erklärung? Fred schaute sich um. Er lag noch immer auf dem Boden, doch weit entfernt von der Kanone, vor der er zu Boden gegangen war. Die Tatsache, dass er nicht in seinem Bett aufgewacht war, machte Fred klar, dass der grässliche Anblick leider kein Alptraum sondern bittere Realität war.

»Er ist wieder ansprechbar«, rief der Arzt jemandem zu.

Kurz darauf stand ein Mann, der der wichtig und unfreundlich aussah, in Begleitung eines unformierten Polizisten vor ihm.

Was wollte er von ihm? Und wieso dieser fremde Polizist? Wo war der Dorfsheriff, der Leiter der örtlichen Polizeiwache, der sich sonst immer um alles kümmerte? In diesem Moment zog der Unbekannte auch schon einen Dienstausweis aus der Tasche.

»Heinz Teufel, Mordkommission«, stellte er sich vor. »Können wir uns unterhalten?«

Dat weer keen Fraag, man een Opforderung. He hulp Fred bi't Opstahn un föhrte em to een Bank, de normalerwies blots vun Touristen nutzt wurr. Op de korte Streck dorhenn seech Fred de Liekenwagen vunne hiesige Sargmaker langsiets de Kanon stahn. Een Sarg wurr jüst inladet.

Düwel fung nu in een fründlicheren Tonfall an to snacken, man de Stimm schiente ut een anner Welt to komen. Fred hörte de Fragen, man he verstunn de ni. Liekers snackte he mit de Kirl, vertellte em vunne Nach mit Sonja un dat Gruuen as he bi sien Spazeern anne Morn sien Kniev inne Dode seech. De Fremme fraagte nochmal wegen dat Kniev na. Ja, dat weer sien Kniev, stimmte em Fred to. Doröver weer he ja so verfehrt ween.

Denn hörte he vun wiedem de eenkennig Wöör, de bi Krimis inne Flimmerkist jümmers dat End vun een Episod un de Erfolg vunne Kommissar ankünnigte: »Se sünd wegen Mordverdach bit op wieders fastnahmen.«

De nächsten Weeken weern de Höll: Fred durs ni mal to de Dodenfier vun Claas gahn.

Es war keine Frage, sondern eine Aufforderung. Er half Fred beim Aufstehen und führte ihn zu einer Bank, die normalerweise nur von Touristen genutzt wurde. Auf den wenigen Metern dorthin sah Fred den Leichenwagen des örtlichen Bestattungsunternehmers neben der Kanone stehen. Ein Sarg wurde gerade verladen.

Teufel begann das Gespräch nun in einem freundlicheren Tonfall, doch die Stimme schien aus einer anderen Welt zu kommen. Fred hörte Fragen, doch er verstand sie nicht. Trotzdem redete er mit dem Mann, erzählte von der Nacht mit Sonja und dem Entsetzten als er bei seinem Morgenspaziergang sein Messer in dem Toten sah. Der Fremde fragte noch einmal wegen des Messers nach. Ja, es sei sein Messer, bestätigte im Fred. Deshalb sei er ja so schockiert gewesen.

Dann hörte er aus der Ferne die wohlbekannten Worte, die in Fernsehkrimis immer das Ende der Episode und den Erfolg des Kommissars ankündigten: »Sie sind wegen Mordverdacht vorläufig festgenommen.«

Die nächsten Wochen waren die Hölle: Fred durfte nicht einmal zur Beerdigung von Claas gehen.

Nich, dat he em sünnerlich mucht harr, man dat hörte sik so in so'n lütte Stadt, dat ok all Navers un wietlöpige Bekannte to de Dodenfier kemen. He bleev lang in't Gefängnis. Afdrücke vun Fingers geev dat ni op dat Kniev. Fred harr för de Nach keen Alibi un Sonja weer sporlos verswunnen. Laater stellte sik rut, dat Fred de Nach mit 'n Profi-Killerin verbröcht harr. He harr ni markt, dat Sonja inne Nach för'n Stunn verswunnen weer. Ehr Opdrach weer, Claas ümme Eck to bringen, wieldat he tohoop mit sien Keu ok Waffen na de Arabers leeverte. Offiziell kunn man em nix nawiesen. Dorüm schickten sien Fiende em een oole Bekannte as Killer, de achteran sporlos verswunn.

Na meist veer Weeken meldete sik een Tüüch, de Fred entlastete, wieldat he Sonja fröhmorns tosamen mit Claas sehn harr. He harr de Snut holen, wieldat sien Fru ni weten schull, dat he af un an de Deenste vun de hiesigen friee Deerns köffte. Na sien letzte Besök dor harr he Claas mit de smucke Unbekannte dor kort sehn. De Kirl harr sik wunnert, wodenni een so smucke Fru in düsse Bar an't Enn vunne Welt arbeidete,

Nicht, dass er ihn besonders gemochte hätte, aber es gehörte sich nun einmal in dem kleinen Ort, dass auch alle Nachbarn und entfernten Bekannten zu Beerdigungen erschienen. Er blieb lange im Gefängnis. Fingerabdrücke gab es nicht auf dem Messer und Fred hatte kein Alibi für die Nacht, denn Sonja war spurlos verschwunden. Später stellte sich heraus, dass Fred die Nacht mit einem Profi-Killer verbracht hatte. Er hatte nicht bemerkt, dass Sonja in der Nacht für eine Stunde verschwunden war. Ihr Auftrag war es, Claas zu beseitigen, weil er zusammen mit seinen Rindern Waffen in die arabische Welt lieferte. Offiziell konnte man ihm nichts nachweisen, deshalb schickten seine Gegner einen Killer in Form einer alten Bekannten, die danach spurlos verschwand.

Nach fast vier Wochen meldete sich endlich ein Zeuge, der Fred entlastete, weil er frühmorgens Sonja gemeinsam mit Claas gesehen hatte. Der Zeuge hatte geschwiegen, weil seine Frau nicht erfahren sollte, dass er die Dienste der örtlichen käuflichen Damen gelegentlich beanspruchte. Bei seinem letzten Besuch hatte er Claas mit einer schönen Unbekannten kurz dort gesehen. Der Mann hatte sich gewundert, warum eine so schöne Frau in dieser Bar am Ende der Welt arbeitete, obschonst se mit ehr Utsehn goode Schansen harr, inne Hamburger Herbertstraat to arbeiden. Dree Stünnen later weer Claas doot opfunnen wurrn. Nadem sien Fru sik wegen een Leevsen, de se johrelang geheem holen harr vun em trennt harr, beslot de Kirl to snacken – man ehr, to de Fruns allgemeen een uttowischen, as um Fred to entlasten.

Wedder in Frieheit wurr dat ni beter för Fred. He weer woll offiziell friisproken, man mangels verurdeelde Däder bleev he för de Lüüd, de dor wahnten, de Mörder vun Claas. Na twee Besöke in sien Kroog geev he op: All rückten vun em af, keen een snackte mit em. Op de Straat schimpten de Kinner em een Mörder, de Groten nickkopten as Biestand. Jede Inkoop weer 'n Spiessrutenlopen, sien Baas entleet em ut'n anner heran trocken Grund. Un ock de Deerns inne Puff bedeenten em blots noch wedderwillig mit düütlich högere Priese.

Een halve Johr na dat Entlaten ut dat Kittjen trock Fred na Bayern. Womöglich kunn he dor wedder 'n normale Leeven föhrn.

obwohl sie mit ihrem Aussehen gute Chancen hatte, in der Hamburger Herbertstraße zu arbeiten. Drei Stunden später war Claas tot aufgefunden worden. Nachdem seine Frau sich von ihm wegen eines Liebhabers getrennt hatte, den sie jahrelang geheim gehalten hatte, beschloss der Mann zu reden – wohl eher, um sich an den Frauen allgemein zu rächen als um Fred zu entlasten.

Wieder in Freiheit wurde es nicht besser für Fred. Er war zwar offiziell freigesprochen, aber mangels verurteiltem Täter blieb er für die Bewohner des Ortes der Mörder von Claas. Nach zwei Besuchen in seiner Stammkneipe gab er es auf: Alle rückten von ihm ab, niemand sprach mit ihm. Auf der Straße beschimpften die Kinder ihn als Mörder, Erwachsene nickten zur Bestätigung. Jeder Einkauf war ein Spießrutenlaufen, sein Arbeitgeber entließ ihn schnell aus einem fadenscheinigen Grund. Und auch die Mädchen im Puff bedienten ihn nur noch mit Widerwillen zu deutlich höheren Preisen.

Ein halbes Jahr nach seiner Entlassung aus der Haft zog Fred nach Bayern. Vielleicht konnte er dort wieder ein normales Leben führen.

He hopte, dat de slechten Drööme, de he jede Nach harr, un in de Sonja em ümme Eck bröchte, na de Ümtog verswinnen würrn. Ok harr he sick sworn, nümmers wedder wat mit Fruunslüüd antofangen. He harr nu mal keen Glück bi de Fruunslüüd.

Man nu harr sien fröhere Tied em wedder inholt. Dat weer Sonja ween, de he op de Muer sehn harr. Se wurr wedder morden un man wurr em wedder ünner Verdach hebben. Nochmal wurr he dat ni dörstahn.

Fred dach nochmal an de wunnerbore Nach, de he mit Sonja beleevt harr un sprung.

Er hoffte, dass die allnächtlichen Albträume, in denen Sonja ihn umbrachte, nach dem Umzug verschwinden würden. Außerdem hatte er sich geschworen, nie wieder etwas mit Frauen anzufangen. Er hatte nun einmal kein Glück bei Frauen.

Doch nun hatte die Vergangenheit ihn wieder eingeholt. Es war Sonja gewesen, die er auf der Mauer der Festung gesehen hatte. Sie würde wieder morden und man würde ihn wieder verdächtigen. Noch einmal würde er es nicht durchstehen.

Fred dachte noch einmal an die wunderbare Nacht, die er mit Sonja erlebt hatte und sprang.

Halligmörder

Nordstrandischmoor, 4. Oktober 2011, Vörmiddag

De Schoolmeister Johann Clausen keek ut dat Finster vun sien lütte Halligschool na Süd Richtung Nordstrand. Dat weer 'n sünnige Harvstdag na dat Unwedder vunne vörangahende Week. Jichtens wat kem em sünnerlichh vör, man he kun ni seggen, wat dat weer. Blots 'n poor Schaap graasten noch op de Soltwiesen vunne Hallig. De meisten weern al op't Fastland bröcht wurrn.

Sien Schöler inne Klass weern hibbelig. Wieldat de School wegen dat Landünner anne Dönnersdag un Fridag utfulln weer un dat lange Weekenn mit Fierdag dorna keem, weer dat se's erste Schooldag na meist enn Week. Clausen harr de Kinner to'n Afsluss de Opgaav geben, de Hallig na een lichte Stormfloot to malen, as de se de anne Dönnersdag un Fridag beleevt harrn.

As Clausen ut'n anner Finster keek, seech he luder geel antrocken Lüüd, de vunne Norderwarf na de Amalienwarf gungen, op de as eenzige Bu sien School stunn. He smusterte: De Wattföhrer Thies Hinrichsen föhrte gedüllig een Grupp Touristen över de Hallig.

Halligmörder

Nordstrandischmoor, 4. Oktober 2011, Vormittag

Der Lehrer Johann Clausen blickte aus dem Fenster seiner kleinen Halligschule nach Süden in Richtung Nordstrand. Es war ein sonniger Herbsttag, der auf das Unwetter der vorhergehenden Woche folgte. Irgendetwas irritierte ihn, doch er konnte nicht sagen, was es war. Wenige Schafe weideten noch auf den Salzwiesen der Hallig. Die meisten waren schon auf das Festland gebracht worden

Seine Schüler im Klassenraum waren unruhig. Durch den Schulausfall wegen Landunter am Donnerstag und Freitag und das lange Wochenende mit Feiertag war es ihr erster Schultag nach fast einer Woche. Clausen hatte Ihnen zum Abschluss des Schultages die Aufgabe gegeben, die Hallig bei einer leichten Sturmflut zu malen, wie die Kinder sie am Donnerstag und Freitag erlebt hatten.

Als Clausen aus dem anderen Fenster blickte sah er lauter gelb gekleidete Gestalten, die sich von der Norderwarft in Richtung der Amalienwarft bewegten, auf der sich als einziges Gebäude seine Schule befand. Er lächelte: Der Wattführer Thies Hinrichsen führte geduldig eine Gruppe von Touristen über die Insel.

Thies weer als jüngste Söhn vun een Halligbuer op Nordstrandischmoor born, denn avers op't Fastland gahn, wo he as Scheper mehr slecht as recht sien Inkomen harr. Een Deel vun sien Schaap gräste he inne Summer op de Hallig. Insteed Pacht to betahln heel he de Grovens rund um de lütte Halligkarkhoff inne Reech, dormit de Schaap ni op de Graffsteden gräseten. Toletzt harr Lehrer Clausen em inne letzte Week vör de Stormfloot anne Grovens arbeiden sehn. Bito föhrte he as erfahrene Wattföhrer Touristen inne Urlaubstied vun't Fastland dör dat Wattenmeer na de Hallig henn un wedder torüch. Dorbi achtete he bi de Rundgang över de Hallig jümmers dorop, dat de Urlauber nuch Tied harrn, noch inne Halligkroog intokehrn, dormit de Kröger sien Utkomen harr. Böse Tungen seen, dat he de Wattföhrungen blots makte, um een öllere Fru mit nuch Klei anne Hack to dropen un se to frien.

Hüüt würn de Gäste veel Tied inne Kroog tobringen könen, denn Thies wull se mit de Lore torüch na't Fastland bringen. Dormit weern se ni von de Tide afhängig.

Thies war als jüngster Sohn eines Halligbauern auf Nordstrandischmoor geboren, dann aber auf das Festland gegangen, wo er als Schäfer mehr schlecht als recht seinen Lebensunterhalt verdiente. Einen Teil seiner Schafe weidete er im Sommer auf der Hallig. Statt Pacht zu zahlen, hielt er den breiten Graben rund um den kleinen Halligfriedhof instand, damit die Schafe nicht auf den Gräbern weideten. Zuletzt hatte Lehrer Clausen ihn in der letzten Woche vor der leichten Sturmflut am Graben arbeiten sehen. Außerdem führte er als erfahrener Wattführer Touristen während der Urlaubssaison vom Festland durch das Wattenmeer zur Hallig und wieder zurück. Dabei achtete er während des Halligrundgangs immer darauf, dass die Urlauber ausreichend Zeit hatten, noch im Halligkrug einzukehren, damit der Wirt sein Auskommen hatte. Böse Zungen behaupteten, dass er die Wattführungen nur machte, um eine ältere Frau mit Geld kennenzulernen und sie zu heiraten.

Heute würden die Gäste viel Zeit in der Gaststätte verbringen können, denn Thies wollte sie mit der Lore auf das Festland zurückbringen. Damit waren sie von den Gezeiten unabhängig.

Wenn man vunne Hallig över dat Watt torüch op dat Fastland wull, muss man sik op't laatst anderthalv Stünn na Leechwater op de eenstünnige Weg dör't Watt maken. Later weer dat to gefährlich. Ebb un Floot weern an düsse Dag teemlich ungünstig för een Besök op de Hallig. So weer Thies mit sien Besökers kort na Klock Tein vun't Fastland loslopen un harr dat Leechwater nutzt, dormit dat Water sien Lüüd, de bi de Küll nich mehr barfots lopen muchen, ni inne Gummisteveln leep. Liekers harrn sick 'n poor vunne Besökers bi't Dörlopen vunne veele Priele natte Fööt holt, froren nu un weern gnaddelich.

Kort na de Amalienwarf heel he an.

»Hier bögt de Weg na de Halligkarkhoff af. Wer de Karkhoff nich ankieken will, kann op de Hauptweg blieven un kümmt denn direktemang na de Halligkroog op de Warf in't Oosten, de Niewarf. Dor dropen wi uns wedder.«

Twee bevernde Lüüd makten sick op de Weg inne Kroog, to sick mit Grog un Pharisäer optowarmen. De annern veer leepen achter Thies op de Schaapsweg över de Soltwiesen na de Karkhoff. Lehrer Clausen griente.

Wenn man von der Hallig über das Watt zurück aufs Festland wollte, musste man sich spätestens anderthalb Stunde nach Niedrigwasser auf den etwa einstündigen Weg durchs Watt machen. Später wurde es zu gefährlich. Die Gezeiten waren an diesem Tag sehr ungünstig für einen Halligbesuch. So war Thies mit seinen Besuchern kurz nach zehn Uhr auf dem Festland losgelaufen und hatte das Niedrigwasser genutzt, damit das Wasser seiner Besuchergruppe, die bei der Kälte nicht mehr barfuss laufen mochten, nicht in die Gummistiefel lief. Trotzdem hatten sich einige Besucher bei der Durchquerung der zahlreichen Priele nasse Füße geholt, froren jetzt und waren schlecht gelaunt.

Kurz hinter der Amilienwarft hielt er an.

»Hier zweigt der Weg zum Halligfriedhof ab. Wer den Friedhof nicht besichtigen möchte, kann auf dem Hauptweg bleiben und kommt dann automatisch zum Halligkrog auf der östlichsten Warft, der Niewarft. Dort treffen wir uns wieder.«

Zwei zitternde Gestalten machten sich auf den Weg in die Gaststätte, um sich mit Grog und Pharisäer aufzuwärmen. Die anderen vier folgten Thies auf dem Trampelpfad über die Salzwiesen zum Friedhof. Lehrer Clausen schmunzelte.

Sowiet he dat trotz de Reegenplünn sehn kunn, bleeven de Fruunslüüd bi Thies, wieldat de Mannslüüd sik op de Weg in de Kroog makten.

Thies vertellte wieder de Geschicht vunne Hallig: »De Kark wurr bi een Stormfloot so ramponeert, dat se afreeten un ni mehr opbuut wurr. Op de Karkhoff wurrn bit in't letzte Jorhunnert de Doden vunne Hallig begraven. Na 1930 sünd hier keen Beerdigungen mehr wesen. Achten Se glieks op de Inschriften vunne Graffsteden.«

Mit düsse Wöör föhrte he de Urlauber över de smalle Steeg na de Karkhoff.

»Hier wurr een 1926 begraven«, sä de Fru, de as eerste op de Karkhoff keem.

Bi dat keek Thies na, of de Steeg noch stabil nuch weer, as he dat jümmers bi sien eerste Besök na Landünner makte.

Denn hörte he de Wöör, de em dat Bloot inne Adern infreern leeten: »Hier is een ganz niee Graff noch ohn Nam. Dat mut hier körtlich doch een Beerdigung geven hem.«

Thies gung na de Fru, de an't Südoosten vunne Karkhoff stunn. De Grasnarv weer romponeert.

Soweit er es trotz der Regenkleidung erkennen konnte, blieben die Frauen bei Thies, während sich die Männer auf den Weg in den Krug machten.

Thies erzählte weiter von der Geschichte der Hallig: »Die Kirche wurde bei einer Sturmflut beschädigt, so dass sie abgerissen und nicht wieder aufgebaut wurde. Auf dem Friedhof wurden bis zum letzten Jahrhundert die verstorbenen Halligbewohner bestattet. Nach 1930 haben hier keine Beerdigungen mehr stattgefunden. Achten Sie gleich auf die Inschriften der Grabsteine.«

Mit diesen Worten führte er die Besucher über den schmalen Steg zum Friedhof.

»Hier wurde jemand 1926 begraben«, sagt die Frau, die den Friedhof als erste betrat.

Thies prüfte inzwischen die Stabilität des Steges, wie er es bei den Besuchen auf dem Friedhof direkt nach Landunter immer tat.

Dann hörte er Worte, die ihm das Blut in den Adern gefrieren ließen: »Hier ist ein ganz neues Grab noch ohne Namen. Es muss hier doch vor kurzem eine Beerdigung stattgefunden haben.«

Thies ging zu der Frau, die am Südostende des Friedhofs stand. Die Grasnarbe war beschädigt.

Dat seech ut, as weern Grassoden afböhrt wurrn un anne sülve Sted wedder afleggt wurrn. Se weern 'n beten höger as dat ümlingende Land, de Eer seech loser ut.

»Wi harrn inne letzte Week een lichte Stormfloot, de de Hallig un ok de Karkhoff överspölt hett«, sä Thies. »Wohrschienlich hett dat Water de Eer opwöhlt.«

He markte, dat de Besökers nieschierig wurrn un em sien Bescheed ni glöövten.

»Laten se uns inne Halligkroog gahn, dor wart uns al warm. De Gedankens an Dod un Graff verköhlt uns blots.«

Mit Tögern leep de Grupp achter em ran. Inne Kroog dreihte sik al Snacken um dat niee Graff op de Karkhoff.

Nordstrandischmoor, 4. Oktober 2011, Nomeddag

Nadem Thies un sien Grupp de Hallig mit de Lor verlaten harrn, drepen sik de utwussen Inwahner vunne Hallig op de Karkhoff.

»Dat süht wohraftig as 'n frische Graff ut«, sä een Fru vunne Hallig.

»Ut Thies weer nix rut tokriegen«, sä Claas Albertsen, de Kröger. »De weer bannig dör'n Wind.«

Es sah aus, als seien Grassoden abgehoben und wieder an gleicher Stelle abgelegt worden. Sie waren etwas höher als das umliegende Gelände, der Boden wirkte lockerer.

»Wir hatten in der letzten Woche eine leichte Sturmflut, die die Hallig und auch den Friedhof überspült hat«, sagte Thies. »Wahrscheinlich hat das Wasser die Erde aufgewühlt.«

Er merkte, dass die Besucher neugierig wurden und ihm die Erklärung nicht glaubten.

»Lassen Sie uns in den Halligkrug gehen, da wird uns allen warm. Die Gedanken an Tod und Gräber verkühlt uns nur.«

Zögernd folgte ihm die Gruppe. In der Gaststätte drehte sich das Gespräch nur um das neue Grab auf dem Friedhof.

Nordstrandischmoor, 4. Oktober 2011, Nachmittag

Nachdem Thies und seine Gruppe die Hallig mit der Lore verlassen hatten, trafen sich die erwachsenen Halligbewohner auf dem Friedhof.

»Das sieht tatsächlich wie ein frisches Grab aus«, sagte eine Halligbewohnerin.

»Aus Thies war nichts herauszubekommen«, sagte Claas Albertsen, der Inhaber des Halligkrugs. »Er wirkte völlig verstört.«

Se eenigten sik, de Gendarmen op't Fastland hento to trecken.

Nordstrandischmoor, 5. Oktober 2011

De Kinner vunne Hallig weern anne fröhe Morn mit ehrn Schoolmeister to 'n tweedägige Utfohrt op't Fastland schickt wurrn. Denn keem de Kripo ut Husum op de Hallig. Al Inwahners vunne Hallig harrn sik op't Karkhoff versammelt, wieldeß de Spezialisten vunne Polizei vörsichtig anfungen to graven. Wat se in goot een Meter Deepde funnen, leet ok de koolsten Gendarmen dat kohle Greesen kriegen: In dat Graff leeg een Frunsliek ahn Kopp.

Husum, 11. November 2011

De Midarbeider vunne Kripo Husum drepen sick wedder mal, to de letzten Ergebnisse vunne Mordfall *Hallig*, so dat dat denn welke geven würr, to besnacken. Se wussen sik gor keen Utweg. De Frunsliek kunn noch jümmers ni identifizeert warrn. Keen een schiente de junge Fru – sachs Enne twintig – to vermissen. Een Afgliek mit de Vermisstendatei weer ahn Resultat bleven. Ahn Kopp, de trotz groote Söök ni funnen warn kunn, weer dat swoor, een Phantombild to teeken un ünner de Lüüd to bringen.

Man einigte sich darauf, die Polizei auf dem Festland zu informieren.

Nordstrandischmoor, 5. Oktober 2011

Die Kinder der Hallig waren am frühen Morgen mit ihrem Lehrer zu einem zweitägigen Ausflug aufs Festland geschickt worden. Dann kam die Kripo aus Husum auf die Hallig. Alle Halligbewohner waren auf dem Friedhof versammelt, während die Spezialisten der Polizei vorsichtig zu graben begannen. Was sie in gut einem halben Meter Tiefe fanden, schockierte auch die hartgesottensten Polizeibeamten: In dem Grab lag eine Frauenleiche ohne Kopf.

Husum, 11. November 2011

Die Mitarbeiter der Kripo Husum trafen sich wieder einmal, um die letzten Ergebnisse, wenn es denn welche geben würde, zum Mordfall *Hallig* zu besprechen. Sie waren ratlos. Die Frauenleiche konnte noch immer nicht identifiziert werden. Niemand schien die junge Frau – wahrscheinlich Ende zwanzig – zu vermissen. Ein Abgleich mit der Vermisstendatei war bislang ohne positives Ergebnis geblieben. Ohne den Kopf, der trotz intensiver Suche nicht gefunden werden konnte, war es schwer, ein Phantombild zu zeichnen und an die Öffentlichkeit zu gehen.

Leidigerwies weer vör twee Weeken noch een Dode op Amrum anspölt wurrn, de bet nu hento ok noch ni identifizeert warrn kunn. De Ünnersöökungen weern noch ni afsloten, man alns düdete dorop henn, dat he versopen weer. Neben anner Sünnerliches harr he een deepe Snitt anne Foot. Sachs weer he na 'n Malöör vun een Schipp spölt wurrn. Dorgegen stunn avers, dat bet nu hento ni so een Mellung komen weer. Womöglich weer he ok bi de Stormfloot in't Water fullen, as he de Floot an'n Strand oder anne Diek ankeek. Wodenni keem he to de Wunn anne Foot? Weer naholpen wurrn?

Verdammich. Twee unlöste Doodesfälle op mal. Siet negen Johr geev dat kenn unklore Doodesfall mehr. De Waterlieken, mit de man sünst to dohn harr, wurrn meist vun al de truernde Sipp un Frünnen in oder op 't laatst ut de Doodenhall bröcht. Dat Swiegen rund üm düsse beiden Doden weer bedröflich.

Thies Hinrichsen wurr verdächtigt. Eenige Lüüd meenten, dat se em inne letzten Weeken männigmal mit een Fru tohoop sehn harrn, de ni ut düsse Gegend stammte un siet de Stormfloot wedder verswunnen weer.

Zu allem Überfluss war vor zwei Wochen ein Toter auf der Insel Amrum angespült worden, der bislang auch noch nicht identifiziert werden konnte. Die Untersuchungen waren noch nicht abgeschlossen, aber alles deutete darauf hin, dass er ertrunken war. Neben anderen Auffälligkeiten hatte er eine größere Schnittwunde am Fuß. Wahrscheinlich war er nach einem Unfall von einem Schiff gespült worden. Dagegen sprach aber, dass es keine entsprechende Meldung gegeben hatte. Vielleicht war er aber auch während der Sturmflut ins Wasser gefallen, als er die Flut an einem Strand oder auf einem Deich beobachtete. Wie aber kam er zu der Verletzung am Fuß? War nachgeholfen worden?

Verflixt. Zwei ungelöste Todesfälle auf einmal. Seit neun Jahren gab es keine ungeklärten Todesfälle mehr. Die Wasserleichen, mit denen man es sonst zu tun hatte, wurden meist schon von trauernden Familienmitgliedern und Freunden in oder spätestens aus der Totenhalle begleitet. Das Schweigen rund um diese beiden Toten war erdrückend.

Thies Hinrichsen wurde verdächtigt. Einige Menschen behaupteten, in ihn den letzten Wochen häufiger mit einer Frau zusammen gesehen zu haben, die nicht aus der Gegend stammte und seit der Sturmflut wieder verschwunden war.

Sien Alibi weer ni waterdicht. Dat harr lüttje Lücken, man de Tiden riekten na Meenung vun de Gendarmen ni ut, to jichtenseen doot oder lebendig op de Hallig to bringen un dor intokleien. Sünnerlich weer doch, dat sien Rüffel, mit de he de Grovens rund um de Karkhoff instand heel, verswunnen weer.

Lüttmoorsiel, 28. September 2011

De Fru gung em scheußlich op'n Zeiger. Se weer hibbelig, keem to laat un vermasselte dormit sien Plan. Egens harr he dat perfekt kloormakt to an ehre Moneten to kamen: Keen een harr se bet nu hento tohoop sehn. He harr ehr op een Reis na München kennen lehrt.

Nadem se mit ehr Studeern fardig weer, wull se ehr Arvschaft nehmen un för een Johr op Weltreis gahn. Toerst wull se Afrika mit een Wahnmobil bereisen. In düsse Tied würr se ehrn Kontostand sachs raar nakieken un keen een wurr ehr vermissen, wieldat se sick bi al ehr Bekannten afmeldt harr.

He harr anne Anfang plant, in düsse Tied ehr Konto aftorümen. Alls wat he för ehr Online-Banking bruukte, harr se em in duhne Kopp inne Swinnel vun een för ehr ogenschienlich eenmalige Leevesnach vertellt.

Sein Alibi war nicht wasserdicht. Es wies kleinere Lücken auf, doch die Zeiträume reichten nach Ansicht der Polizei nicht aus, um jemanden tot oder lebendig auf die Hallig zu bringen und dort zu vergraben. Merkwürdig war allerdings, dass sein Spaten, mit dem er den Graben rund um den Friedhof instand hielt, verschwunden war.

Lüttmoorsiel, 28. September 2011

Die Frau ging ihm entsetzlich auf die Nerven. Sie war sprunghaft, kam zu spät und vermasselte damit seine Pläne. Eigentlich hatte er es perfekt vorbereitet, an Ihr Geld zu kommen: Niemand hatte sie bisher zusammen gesehen. Er hatte sie auf einer Reise nach München kennengelernt.

Nachdem sie ihr Studium abgeschlossen hatte, wollte sie ihr ererbtes Vermögen nutzen und für ein Jahr auf Weltreise gehen. Zuerst wollte sie Afrika mit einem Wohnmobil bereisen. In dieser Zeit würde sie ihren Kontostand wohl selten kontrollieren und niemand würde sie vermissen, weil sie sich bei allen Bekannten abgemeldet hatte.

Er hatte ursprünglich geplant, in dieser Zeit ihr Konto abzuräumen. Alle Daten für das Online-Banking hatte sie ihm betrunken im Rausch einer für sie scheinbar einmaligen Liebesnacht verraten.

He wurr dat Geld för een Utbetohln in't Utland anwiesen, dat dor afholen und dormit op een warme Eiland inne Südsee sien Levensdrohm wohr maken. Een beten harr he bito al aftwiegt, nadem se em de Geheimtahl for ehr Bankkort vertellt harr. Kloor würr he de keen een vertellen! Dat Geld harr he, in mehrere Paken bündelt, goot verwohrt. He plante sik mit das Bargeld een niege Identität to kopen, dormit em keen een op de Schliche keem. Dat niege Leeven weer so neeg, so unendlich neeg. Man se makte em mit ehr Fladderigkeit wedder dat Leeven swoor.

Se harr sik op mal in'n Kopp sett, dat he ehr op ehre Weltreis beglieden schull. Vörher wull se noch sien Heimat sehn un een Tuur na Nordstrandischmoor maken. He harr versöcht ehr de Grappen uttodrieven, man dat weer nix wurrn. Teenknirschend harr he sik mit ehr dropen.

To'n Glück weer se mit de Tog na Nordfreesland fohrt, so dat man ehrn Weg ni nakieken kunn, wenn se blitzt wurrn weer oder wieldat ehr sprenkelbunte Auto mit fremme Nummernschield vör sien Döör stunn.

Er würde das Geld zu einer Auszahlung im Ausland anweisen, es dort abholen und damit auf einer warmen Südseeinsel seinen Lebenstraum verwirklichen. Etwas hatte er bereits abgezweigt, nachdem sie ihm unter dem Siegel der äußersten Verschwiegenheit die Geheimnummer ihrer EC-Karte verraten hatte. Natürlich würde er sie niemandem verraten! Das Geld hatte er, in mehreren Tranchen gebündelt, gut verwahrt. Er plante, sich mit dem Bargeld eine entsprechende neue Identität zu erkaufen, damit ihm auch niemend auf die Fährte kommen konnte. Das neue Leben war so nah, so unendlich nah. Doch sie machte ihm mit ihrer Sprunghaftigkeit wieder das Leben schwer.

Sie hatte sich plötzlich in den Kopf gesetzt, dass er sie auf ihrer Weltreise begleiten sollte. Vorher wollte sie noch seine Heimat kennenlernen und einen Ausflug nach Nordstrandischmoor machen. Er hatte versucht, ihr die Idee auszureden, aber es war ihm nicht gelungen. Zähneknirschend hatte er sich mit ihr getroffen.

Zum Glück war sie mit der Bahn nach Nordfriesland gefahren, so dass man ihren Weg nicht nachvollziehen konnte, wenn sie in eine Radarkontrolle geraten wäre oder weil ihr auffälliges Auto mit fremden Kennzeichen vor seinem Haus parkte.

Wenn man se tosamen sehn würr, weer sien heele Plan bi'n Düwel un he wurr wieder arm blieven un hart för sien Utkamen arbeiden möten.

Nadem se em so op de Pell rückt weer, harr he en grandessige Entslut fatet. Se weer sülm schuld! Worüm kunn se sik ni an dat holn, wat mal afsnackt weer? Düsse Wattwanderung würr se ni överleeven. Urlauber verleepen sick faken in't Watt oder weern to de verkehrte Tied ünnerwegens un kemen dorbi to Doode. De Redder weern ni jümmers rechtidig to Steed. Männigmal fullen se wegen Ünnerköhn in Ahnmacht, fullen in een Priel un wurrn vun't aflopen Water inne apen See dreven.

Hee wull kort na dat Insetten vunne Ebb mit ehr in't Watt gahn, solang as dat Watt noch vun siede Water bedeckt weer un se de Weg ni kennen kunn, ehr in een Priel versupen un ehrn Liev vunne Ebbstrom rümen laten. Een Malöör vun een besopen Urlauberin de ahn kunnig Föhrer in't Watt gung – schaad, man blots een Tall för de Statistik. Dör ehr Sluderigkeit harr se em de Tour vermasselt. Nu weer dat een Stünn vör Leechwater un de Watten leegen frie för se.

Wenn man sie zusammen sehen würde, waren seine gesamten Pläne hinfällig und er würde weiterhin arm bleiben und hart für seinen Lebensunterhalt arbeiten müssen.

Nachdem sie ihm so sehr auf die Pelle gerückt war, hatte er einen folgenschweren Entschluss gefasst. Sie war selbst schuld! Warum konnte sie sich nicht an einmal Besprochenes halten? Diese Wattwanderung würde sie nicht überleben. Touristen verliefen sich oft im Watt oder waren zur falschen Zeit unterwegs und kamen manchmal dabei um. Nicht immer waren Retter rechtzeitig zur Stelle. Oft verloren sie wegen Unterkühlung das Bewusstsein, fielen in einen Priel und wurden vom ablaufenden Wasser in das offene Meer getrieben.

Er wollte kurz nach dem Einsetzen der Ebbe mit ihr ins Watt gehen, solange die Wattflächen noch von seichtem Wasser bedeckt waren und sie den Weg nicht erkennen konnte, sie in einem Priel ertränken und ihren Körper vom Ebbstrom beseitigen lassen. Ein Unfall einer alkoholisierten Touristin, die ohne kundigen Führer ins Watt ging – bedauerlich, aber nur eine Zahl in der Statistik. Diesen Plan hatte sie durch ihre Unpünktlichkeit zunichte gemacht. Nun war es eine Stunde vor Niedrigwasser und die Watten lagen frei vor ihnen.

Se weer noch jümmers duun, dat markte he. He harr ehr anne Avend vörher bannig veel Pharisäer inschenkt. Dör de Kaffee harr se de Spriet ni smeckt un dat nordfreesche Supels böös tospraken. He harr alns goot kloormakt, man nu müss he gau 'n anner Weg finnen, ehr los to warrn. Hennto keem noch dat Tiedproblem: Se würrn sachs een Stünn dör dat Watt bruuken. Mit ehr, de dat Lopen in't Watt ni kennen de, wurr dat sachs noch länger duern. Denn müss he se ahn sehn to warn to de Anleger vunne Hallig bringen, de blots raar vun Fährscheep oder Versorgungsscheep anfohrt wurr un tosehn, dat se dor versoop. Dorna müss he sik gau wedder op de Trüchweg maken, de swoor warrn wurr. Normalerwies schull man sik op't laatst enn Stünn na Leechwater op de Trüchweg maken vunne Hallig na't Fastland maken. Later wurr dat ok för een kunnige Wattwannerer gräsig.

To'n Glück leep se teemlich gau, jaulte avers wegen de stiefe Wind un de Küll. Dat passte to sien Plan. He geev ehr in korte Afstand Rum ut sien lüttje Buddel to drinken, de se dankbor annehm. He sülm drunk nix.

Sie war noch längst nicht wieder nüchtern, das merkte er. Er hatte ihr am Abend vorher zahlreiche Pharisäer verabreicht. Durch den Kaffee war der Alkohol kaum zu schmecken und sie hatte dem nordfriesischen Nationalgetränk stark zugesprochen. Er hatte alles gut vorbereitet, doch nun musste er spontan einem anderen Weg finden, sie los zu werden. Hinzu kam das Zeitproblem: Sie würden etwa eine Stunde durch das Watt benötigen. Mit ihr, die noch keine Erfahrungen mit dem Gehen im Watt hatte, würde es vielleicht noch länger dauern. Dann musste er sie ungesehen zum Schiffsanleger der Hallig bringen, der nur selten von Fähren oder Versorgungsschiffen angefahren wurde und sicherstellen, dass sie dort ertrank. Danach musste er sich schnellstens wieder auf den Rückweg machen, der schwierig werden würde. Normalerweise sollte man sich spätestens eine Stunde nach Niedrigwasser auf den Rückweg von der Hallig zum Festland machen, zu einem späteren Zeitpunkt wurde es auch für einen erfahrenen Wattwanderer gefährlich.

Glücklicherweise ging sie relativ schnell, beschwerte sich aber über den starken Wind und die Kälte. Dies passte in seinen Plan. Er gab ihr in kurzen Abständen Rum aus seinem Flachmann zu trinken, den sie dankbar annahm. Er selbst trank nichts.

Na 'n lütt bet mehr as 'n Stünn keemen se akkerat bi Leechwater inne Neegte vunne Lorenbahnhoff op de Hallig an. Nu bleev em blots noch een Stünn, ehr lostowarrn. To'n Glück weer keen een to sehn. Beten Daak weer optroken, nadem se meist de halve Streck trüchlegt harrn. Dat würr em helpen, ahn sehn to warrn vunne Oosten na de Anleger in't Süden vunne Hallig to kamen.

Kort bevör se anne Anleger ankeemen, wurr he de Schuut wies, de dat Vehwark vunne Hallig op't Fastland bringen schull. Alns gung inne Büx! Nu bleev em blots noch de Haven för de Seilboote, um to'n Enn to kamen. He schaffte dat, ehr vunne Anleger wegtolotsen, ehr dat se sehn warrn kunnen. Dat koste em man wedder weertvulle Tied, denn de Haven weer mehr as 'n Kilometer weg. Tied, de em womöglich för de Trüchweg fehlen würr.

Mit Mal bleev se stahn. »Wenn mien Kort richtig is, kamen wi direktemang to de historische Halligkarkhoff, wenn wi hier rechterhand afbögen.«

Ehr dat he sik rögen kunn, boog se all op de Schaapsweg af in Richtung Karkhoff.

He schafuderte. De Karkhoff weer to neech anne Warfen. Se kunnen hört oder – wat noch gräsiger weer – sehn warrn.

Nach etwas mehr als einer Stunde erreichten sie genau zu Niedrigwasser die Hallig in der Nähe des Lorenbahnhofs. Nun blieb ihm nur noch eine Stunde, sie loszuwerden. Zum Glück war niemand zu sehen. Leichter Nebel war aufgezogen, nachdem sie ungefähr die Hälfte der Strecke zurückgelegt hatten. Dies würde ihm helfen, ungesehen vom Osten der Hallig zum Schiffsanleger im Süden zu kommen.

Kurz bevor sie den Schiffsanleger erreichten, bemerkte er den Lastkahn, der das Vieh von der Hallig aufs Festland befördern sollte. Irgendwie ging alles schief! Nun blieb ihm nur noch der Segelhafen für sein Vorhaben. Es gelang ihm, sie vom Anleger wegzulotsen, bevor sie gesehen werden konnten. Das kostete ihn wieder wertvolle Zeit, denn der Segelhafen war über einen Kilometer entfernt. Zeit, die ihm möglicherweise für den Rückweg fehlen würde.

Plötzlich blieb sie stehen. »Wenn meine Karte stimmt, müssten wir direkt zum historischen Halligfriedhof kommen, wenn wir hier rechts abbiegen.«

Bevor er reagieren konnte, ging sie auf einem Trampelpfad in Richtung Halligfriedhof.

Er fluchte. Der Friedhof war zu dicht an den Warften. Sie könnten gehört – oder noch schlimmer – gesehen werden.

Gau leep he achter ehr ran, kunn ehr man eerst op de Karkhoff inholen. Se keek sik de Graffsteden an, wull em ut de Reiseföhrer vörlesen. He muschelte, dat he de Geschicht al kennte, man se hörte ni op un fung an luut to lesen.

He kreeg dat mit de Angst. He müss ehr to Swiegen bringen, dormit sien Plan hennhaute un he ni vörher mit ehr sehn wurr. Denn seech he den Rüffel, de in sien Neegte an't Över vunne Groov steek. He nehm de Rüffel, holte wiet ut un haute ehr vör't Gatt. De Rüffel weer scharpkantig un sien Slag klotzig. Se weer forts doot, denn he harr ehr de Kopp afhaut. Ahn dat he dat markte, rollte ehrn Kopp blanksiets vun ehrn Rucksack, de se op den Karkhoff afleggt harr.

Unglöövsch keek he op de Doode. Man denn sette sien Grips wedder in. He harr dat schafft: Se weer doot – wenn ok anners as vun em plant. Nu müss he de Liek verswinnen laten, denn dat seeg ni mehr as 'n Dood dör'n Malöör ut. De Weg na't Water weer to wiet. Ok leep em de Tied weg: In een Stünn müss he na't Fastland trückgahn.

Man wo kann een een Liek beter verswinnen laten as op een Karkhoff?

Schnell folgte er ihr, doch er konnte sie erst auf dem Friedhof einholen. Sie besah sich die Gräber, wollte ihm aus ihrem Reiseführer vorlesen. Er murmelte, dass er die Geschichte bereits kannte, doch sie ließ nicht locker und begann laut vorzulesen.

Panik überkam ihn. Er musste sie zum Schweigen bringen, damit er seinen Plan umsetzen konnte und nicht vorher mit ihr gesehen wurde. Dann sah er den Spaten, der in seiner Nähe in der Böschung des Grabens steckte. Er nahm den Spaten, holte weit aus und schlug zu. Der Spaten war scharfkantig und sein Hieb gewaltig. Sie war sofort tot, denn er hatte sie geköpft. Unbemerkt von ihm rollte ihr Kopf neben ihren Rucksack, den sie auf einem der Gräber abgelegt hatte.

Ungläubig starrte er auf die Tote. Doch dann setzte sein Verstand wieder ein. Er hatte es geschafft: Sie war tot – wenn auch anders als von ihm geplant. Nun musste er die Leiche verschwinden lassen, denn es sah nicht mehr wie ein Tod durch Unfall aus. Der Weg zum Wasser war zu weit. Außerdem lief ihn die Zeit davon: In nur einer Stunde musste zum Festland zurückkehren.

Aber wo könnte man eine Leiche besser verschwinden lassen, als auf einem Friedhof?

För de nächste Dag weer 'n lichte Stormfloot verutseggt. Wegen dat wurr dat sachs 'n Tied duern, ehr wedder een op de Karkhoff keem. De Inwahners, de vunne Hallig kemen und Butenlanners makten sik op de Hallig inne Harvst raar. Mit 'n beten Glück wurrn de Stormfloot, Harvst un Winter dat frische Graff verbargen.

He nehm de Rüffel, steek de Grassooden op de Flaag von de Graffsteed akkerat ut un leggte se ornlich bisiet, so dat he se achterna wedder akkerat verlengen kunn. Denn fung he an to kleien. Dat weer 'n suure Arbeid, man he weer Eerdarbeiden wennt, so dat dat Graff gau de utsöchte Grötte un vor alln ok de nödige Deepde harr, dormit dat Water de Liek ni bi Landünner utwöhln würr.

Fix bugseerte he den Liev dorin und schüffelte dat Graff wedder dicht. Dorbi steeg he jümmers wedder in dat Graff to de Eer fasttopedden, dormit dat Water se ni opwöhlte. Nadem he afslutend de Steed wedder mit Grassoden afdeckt harr, weer he tofreeden mit dat Resultat. Dor weer blots 'n flache Knubb to sehn.

Für den nächsten Tag war eine leichte Sturmflut vorhergesagt. Es würde daher einige Zeit dauern, bis wieder jemand den Friedhof betrat, denn die Einheimischen kamen selten hierher und Touristen besuchten die Hallig im Herbst nur selten. Mit etwas Glück würden die Sturmflut, Herbst und Winter dafür sorgen, dass das frische Grab nicht mehr als solches erkennbar war.

Er nahm den Spaten, stach die Grassoden auf der Fläche für das Grab sorgfältig aus und legte sie geordnet beiseite, damit er sie hinterher wieder exakt verlegen konnte. Dann begann er zu graben. Es war eine anstrengende Arbeit, aber er war an Erdarbeiten gewöhnt, so dass das Grab relativ schnell die gewünschte Größe und vor allem auch die nötige Tiefe hatte, damit das Wasser den Leichnam nicht bei der Überflutung der Hallig ausgraben würde.

Schnell beförderte er den Körper hinein und schüttete das Grab wieder zu. Dabei stieg er regelmäßig in das Grab, um die Erde fest zu stampfen, damit das Wasser sie nicht aufwühlte. Nachdem er abschließend die Stelle wieder mit Grassoden bedeckt hatte, war er zufrieden mit dem Ergebnis. Es war nur eine relativ flache Erhebung zu erkennen.

Nu müss he ahn sehn to warrn vunne Hallig verswinnen. De Rüffel würr he mitnehmen un in't Watt verswinnen laten. Denn wurr he den Rucksack wies. Ok de müss he verswinnen laten. As he sik över de Rucksack böögte, keek se em ut doode Ogen an. Schiet ok – he harr vergeten na de Kopp to söken un em to verbuddeln. To laat nu. Ieskoolt steek he de Kopp inne Rucksack un makte sik op de Trüchweg. Regen keem un de Wind wurr duller.

As he an't Watt ankeem, wurr he fladderig. Dat Water stunn al bös hoch. Egens weer dat to laat för de Trüchweg dör dat Watt. Schull he de seekere Weg över de Lorendamm nehmen, de aver ni för Lüüd to Foot vörsehn weer? He spickeleerte kort un besloot dat nich to dohn. Wenn een Lor twüschen Hallig un Fastland ünnerwegens weer, wurr he sehn warrn. Dor weer keen Ünnerkruup anne Damm.

Nadem he eenigermaten wiet weg vunne Hallig weer, gung he Richtung Lorendamm. Hier wurr Land wunnen. He gung na landwärtige Sied von een Lahnung un verbuddelte dor den Rucksack.

Nun musste er ungesehen von der Hallig verschwinden. Den Spaten würde er mitnehmen und im Watt verschwinden lassen. Dann entdeckte er den Rucksack. Auch ihn musste er verschwinden lassen. Als er sich über den Rucksack beugte, schaute sie ihn aus toten Augen an. Mist – er hatte vergessen, den Kopf zu suchen und auch zu begraben. Zu spät jetzt. Kaltblütig steckte er den Kopf in den Rucksack und machte sich auf den Rückweg. Regen setzte ein und der Wind wurde stärker.

Als er den Beginn des Watts erreichte wurde er nervös. Das Wasser stand schon sehr hoch. Eigentlich war es zu spät für den Rückweg durch das Watt. Sollte er den ungefährlichen Weg über den Lorendamm nehmen, der eigentlich nicht für Fußgänger vorgesehen war? Er entschied sich nach kurzem Überlegen dagegen. Wenn eine Lore zwischen Hallig und Festland unterwegs war, würde er gesehen werden. Es gab kein Versteck am Damm.

Nachdem er einigermaßen weit von der Hallig entfernt hatte, ging er in Richtung Lorendamm. Hier wurde Landgewinnung betrieben. Er ging auf die vom Meer abgewandte Seite einer Lahnung und vergrub dort den Rucksack.

Dör dat sach stüttige Aflagern von Sediment würrn Kopp un Rucksack jümmers deeper inne Grund verswinnen. Dorna gung he wedder wieder op dat Watt rut, to op de Weg to loopen. Hier inne Neegte vunne Lorendamm weer dat to riskant, wieldat dat Watt böös week weer un man deep inne Slick versacken kunn. An een vun düsse Steeden stook he de Rüffel deep in't Watt. Dat würr sachs een poor Weeken duern, bet dat Mordinstrument wedder opduukte und bet dor henn würr he al lang in't Utland sien.

He keem wedder op de richtige Weg dör dat Watt. Dat Water stunn al so hoch, dat em dat inne Gummisteveln leep. He trock se ut un leep barfoots wieder, dormit he gauer vöran keem. Dat Water weer koolt, man he müss dat utholen. Middewiel harr he meist de halve Weg na dat seekere Fastland torückleggt. Tofreeden smusterte he in sik rin. He würr dat schaffen, rechtiedig an't Fastland to komen. Denn würr he sik in sien Bood opwarmen, noch een bet twee Weeken een normale Leven föhrn un sik denn afsetten. De perfekte Mord!

Jüst in düsse Ogenblick spörte he een piekende Weehdaag inne Foot. He keek de Foot an. De blödte as 'n afstooken Swien. He weer op 'n groote Mussel peert.

Durch die regelmäßigen Sedimentablagerungen würden Kopf und Rucksack immer tiefer im Boden verschwinden. Dann ging er wieder weiter auf das Watt hinaus, um dem Weg zu folgen. Hier in der Nähe des Lorendamms war es zu gefährlich, weil das Watt sehr weich war und man tief im Schlick versinken konnte. An einer dieser Stellen steckte er den Spaten tief ins Watt. Es würde mindestens einige Wochen dauern, bis die Mordwaffe wieder auftauchte und bis dahin würde er längst im Ausland sein.

Er erreichte wieder den richtigen Weg durch das Watt, Das Wasser stand schon so hoch, dass es ihm in die Gummistiefel lief. Er zog sie aus und lief barfuß weiter, um schneller voranzukommen. Das Wasser war kalt, doch er musste es aushalten. Inzwischen hatte er fast die Hälfte des Weges bis zum sicheren Festland zurückgelegt. Zufrieden lächelte er in sich hinein. Er würde es schaffen, das Festland rechtzeitig erreichen. Dann würde er sich in seiner Wohnung aufwärmen, noch ein bis zwei Wochen ein normales Leben führen und sich dann absetzen. Der perfekte Mord!

In diesem Moment spürte er einen stechenden Schmerz im Fuß. Er war auf eine große Muschel getreten. Er schaute sich seinen Fuß an, der stark blutete.

Wieder! He müss wieder un ahn sehn to warrn na dat seekere Fastland henkamen. Na 'n poor Minuten weer dat Weehdaag so dull, dat he knapp noch oppedden kunn. He wurr jümmers dammeliger, de Regen un de Storm jümmers duller. Dat Water leep gau op. He sleppte sik vöran. Denn wurr em swatt vör Ogen. As he achteran noch mal kort to sik keem, weer he al wiet vun't Land afdreeven. He wuss, dat em dor keen een mehr ruthelpen kunn. Sien letzte Gedank weer de Fraag, wo un wann de See sien Liev wedder rutgeeven würr.

Weiter! Er musste weiter und ungesehen das rettende Festland erreichen. Nach wenigen Minuten schmerzte sein Fuß so stark, dass er kaum noch auftreten konnte. Er wurde immer langsamer, der Regen und der Sturm wurden immer stärker. Das Wasser lief schnell auf. Er schleppte sich voran. Dann verlor er das Bewusstsein. Als er danach noch einmal kurz zu sich kam, war er schon weit vom Land abgetrieben. Er wusste, dass er verloren war. Sein letzter Gedanke war die Frage, wo und wann die See seinen Körper wieder hergeben würde.

De Schrieverin

Birgit Pauls is in Husum boorn, in Tönn und Kotzenbüll opwussen. Na de School is se lange Tied dor Düütschland tingelt. Siet bald tein Johr leevt se wedder in Tönn.

Siet 2009 schrivt se Krimis, de meist in Nordfreesland speelen. In't Büro sitt se dorbi ni girn. Wenn dat Weller mitspeelt und dat dröch vun boben is, is se meist mit ehr Schrievtück anne Haven oder anne Eiderdiek to finnden.

De E-Mail Adress vun de Autorin is info@birgitpauls.de.

Die Autorin

Birgit Pauls wurde in Husum geboren, ist in Tönning und Kotzenbüll aufgewachsen. Nach der Schule lebte sie an vielen verschieden Orten Deutschlands. Seit fast zehn Jahren wohnt sie wieder in Tönning.

Seit 2009 schreibt sie Krimis, die meist in Nordfriesland spielen. Im Büro sitzt sie dabei nicht gern. Wenn das Wetter mitspielt und es nicht regnet, ist sie mit ihren Schreibutensilien meist am Hafen oder am Eiderdeich zu finden.

De E-Mail Adress vun de Autorin is info@birgitpauls.de.